U0068074

心曲

共鳴

君靈鈴、嘉安、六色羽　合著

天空數位圖書出版

目錄

錯過

文：君靈鈴

在人生這條道路上，每個人走的方式都不同，有些人走的順遂瀟灑，有些人卻走的戰戰兢兢，但也有人走的不顧一切且從不回頭，只想著轟轟烈烈的做一番大事業卻忘了有時候有了錢以後很可能也只剩下錢了。

曾經遇過一位大老闆，與之聊過幾句，後來在一次因緣際會下有了第二次會面，這第二次會面讓我們彼此有了深談的機會，只是聊著聊著他卻忽然轉頭看了牆上一眼，眉間的皺褶也跟著加深了。

他說他錯過了很多只有沒錯過錢，所以他現在很有錢，但是父母都不在了，以前自己信誓旦旦說要給他們兩老過好日子誰知道一路橫衝直撞完全沒回頭的結果就是現在他的錢愛怎麼花都可以，但兩老卻是一點也花不到了。

所以，他老是覺得心底有股不爽快，而偏偏他又很清楚這股不爽快並不是花一大筆錢替父母找個好風水又或是該祭祖時弄的豐盛無比就可以解決的，尤其是當他後來從姑母那裏聽

2

說兩老以前總愛攜伴望著門外，嘴裡還唸叨著不知道他過得好不好穿得暖不暖且拚事業不知道有沒有顧好自己身體，又或是埋怨著他也不懂有時該回家一趟或打個電話時，他心底那股不爽快瞬間就飆升到最高點。

「是不是很可笑？明明很簡單的事，我以前在打拼時卻覺得那一點都不重要。」

這位大老闆自嘲的一笑，目光停滯在牆上的那幅照片，看兩老在照片裡笑得開心而他卻是到後來才明白，兩老的喜悅是因為拍照的人是他，而那是他時隔很久才回家一趟且突然心血來潮的作品。

「劉哥，其實年少打拼並不是一件壞事，沒有人會認為你當年拚了命要闖出一片天地是個錯誤，只是……」

「我知道，打拼當然不是壞事，人若不趁著年輕多拚一些，老了怎麼還拚的動，不過現在我認為就算要拚也該記得回頭看看是不是有人正盼著你久違的回歸，說真的，事業再忙也

不至於無法抽空回家一趟看看父母，當年是我完全忽略了這方面，所以瞧瞧看我錯過了什麼......」

一個搖頭嘆息是劉哥心底遺憾的表達，而他也很清楚這個錯過已沒有讓他後悔的餘地，因為離開的人不會回來，再遺憾也不可能喚回他們。

有時候我們會因為很多因素而忘了還有人在等待我們，也會忘了他們其實只需要我們偶爾回去看看他們，陪他們吃頓飯或是看看電視，聽聽他們想對我們說的話，然後在我們要離開時聽我們說一句「我會再回來看你們」而已。

無限循環

文：君靈鈴

　　逢年過節家裡總是會有友人來拜訪的，而本來這樣的大好節日就應該開開心心的，誰知道茶餘飯後閒聊時，這位朋友卻是一副鬱鬱寡歡的模樣，讓大夥兒不禁關心起她發生了什麼事。

　　然而這一說，眾人卻都陷入了沉默，因為這個問題對他人來說無關緊要，但對身為母親的她來說卻是一個讓她掛心不已的問題，而或許對某些人來說，這個問題也正困擾著他們。

　　事情是這樣的，這位友人有個女兒，在出社會之後工作總是做不長，一年換幾個老闆是很稀鬆平常的事，以前這位朋友想著孩子還小可能還沒定性所以想著孩子如果不喜歡那就別做了，家裡著實不缺孩子這份收入貼補家用，而且孩子待業期間在家吃喝也不是什麼大事，又不是養不起，等孩子心性比較穩定成熟了，她想著這樣的情況應該會改變。

　　但孰不知今年她女兒已經快三十歲了，可人生卻好像陷入了一個無限循環，一個工作應

徵上了但不爽就不做了，有時候在一家公司待個一個月有時候三個月，好一點的情況大抵就是待上半年，然後就回家嚷著自己很累要休息一陣子，而且總是拍著胸脯保證自己會找到更好的工作，而且隨著年歲越大更是拒絕父母好意為她低頭去詢問的工作。

情況就這樣一次又一次重演，而這位友人這次回來家裡作客時，她女兒也正好踏入循環尾聲正在家裡嚷著要休息到過完年再打算，所以這位朋友才會愁容滿面，因為她已經不知道這是第幾次自己遇到這樣的情況了。

其實，人有雄心壯志當然好，畢竟「人因夢想而偉大」，但就算有夢想似乎也不該讓自己一直陷入一種奇怪的輪迴，有自信是好事但倘若這股自信並不能為自己帶來任何幫助，那就應該學著把姿態放低一點，別老是感覺自己「懷才不遇」才會至今什麼都不順，然後怪天怪地怪父母，覺得唯一沒錯的人就是自己。

是別人不懂我的好不是我不夠優秀。

是別人不友善不是我難搞。

是別人老愛找我麻煩不是我難相處。

老是用上述這樣的論調過日子，那麼發生在自己身上的無限循環窘境就不可能會消失。

是不是真的優秀應該拿出證明，覺得自己不難相處就該先釋出善意，覺得別人刻意來找麻煩更該想法子去化解干戈。

在年歲漸長的這一刻，懷著莫名的自傲跟不知哪來的自信還有仗著家裡有父母所以自己餓不死的這位女孩，壓根兒不知道自己這樣過人生讓父母有多擔心。

走不出的黑暗

文：君靈鈴

　　午夜夢迴赫然驚醒，正峰猛地彈坐了起來，望著一室孤寂心底那股無助又再度來襲，他知道自己被自己困住了，而這件事真的非常可怕。

　　但他不知道怎麼走出這片自我構築的黑暗，當他人都輕輕鬆鬆說著「只要看開一點就好了」、「事情過去就沒事了」、「人生沒有什麼坎是過不去的」、「根本就是你想太多，事情沒那麼嚴重」之類的話時，他總是淡淡一笑但他知道這些話看來沒有什麼問題，但對已經陷入自困的人來說，壓根兒只能算是一種風涼話而已。

　　「很多事不是你們所言所想的那麼簡單容易」，正峰很多時候都想這樣對那些人說，但說了又如何，他們不是他，不會懂他獨自陷在黑暗世界的痛苦，這樣的痛苦不是一天造成的，是經年累月在他心裡形成一顆又一顆的石頭，越來越多越來越重，沉甸甸壓得他喘不過氣，他內心原本的光亮也因為這些石頭的累積而逐漸灰暗終至看不見光明。

　　可怕的是周遭的人都認為他所說的黑暗世界，不過是他逃避現實的一個藉口，沒有人真的去了解他身上究竟發生了什麼事，也沒有人真心願意幫助他走出來，總是敷衍的安慰他兩句然後就去忙別的事。

　　所以後來他懂了，懂他身邊的人不喜歡他這個模樣，所以為了不被孤立也為了不被討厭所以他開始偽裝自己，但他的無助與恐慌卻總是在夜晚不留情地朝他猛烈來襲。

　　他是想走出來，也很努力想讓自己走出來，但每每感覺自己好似看到一絲光亮了，卻又在更濃重的黑霧來襲後被遮蓋了視線，那一點點的光亮也瞬間消失不見。

　　這種痛苦只有領會過的人才懂，不懂的人就是不懂，但他真的很想說，如果不懂就不要隨便開口，說著不負責任的話，帶著隨意的態度安撫幾句，這對他一點幫助也沒有，因為心受傷的人最需要的幫助有時候其實只是「無聲的陪伴」或「真心」的一兩個字，長篇大論或說些大道理對他而言就如同一種諷刺。

　　但他也知道，最後要走出這個黑暗世界只能靠他自己，他一天又一天努力著，在別人看不見的地方自己與自己抗爭，這場戰役很辛苦，因為敵方有成千上萬而他卻只有自己。

　　能不能打贏他現在還不知道，但他知道自己不能放棄，也知道沒有捷徑，惟有一步步克服困難，他才能嘗到勝利的滋味。

不入流的藉口

文：君靈鈴

　　很多人都怕做錯事，但也有人不怕錯誤，更有人覺得錯了沒關係只要願意改正，錯誤就是一個成長的階梯。

　　這些話都沒錯，但我們總會遇到一種人，做錯事不承認也就罷了，說出的解釋聽起來很刺耳，而說穿了他們口中那一堆的解釋其實就是一堆不入流的藉口。

　　這些藉口的品類可能五花八門，就拿聽過的幾個例子來說吧，像有的人遲到就怪交通工具或瞎扯遇上事故，也有人明明是扯團隊後腿的罪魁禍首但卻說是他人看他不順眼才會如此，又或者是明明外遇了卻硬扯說是對方勾引，彷彿自己很無辜，孰不知在這種方面通常是一個巴掌拍不響。

　　總之諸如此類的狀況很多，不入流的藉口也越來越五花八門令人應接不暇，有的甚至讓人聽了會覺得自己是不是遇上外星人又或是自己今日太累才導致幻聽，否則怎會聽到如此誇張又不符合現實的理由。

　　但實際上並不是這樣，這些說著誇張藉口的人他們是認真的，為了脫罪他們什麼話也說得出口，甚至在他人不相信他們時惱羞成怒佯裝無辜說自己說的都是真的，說自己願意負責，但明眼人都知道，他們說什麼都是藉口，都是犯錯不想負責任的表現。

　　可不管是什麼藉口，犯錯就是犯錯，不承認不代表這件錯事就會悄悄被抹去，錯事也有大小之分，倘若是小事，大夥兒可能心裡暗自抱怨或嘲笑之後就過去了，但如果是大事，誰該負責就變得非常重要了。

　　尤其是當不入流的藉口不被接受，那些永遠犯了錯都在想藉口脫罪的人就會開始不知所措，因為他發現慣用的方法失效了，而下一個方法他們卻還在想，而且思考的時間可能很長，因為在此之前他們會思考的事大抵也就只有不願意負擔責任及出錯之後該怎麼脫身這兩個問題了。

　　只是他們總是不願意再多想想自己如果把心思花在把事情做好或是勇於承擔責任上，或

　許人生的際遇就會大不相同，畢竟大家都想要有負責任又會做事的好隊友而不是做錯事又不承認還找一堆理由的豬隊友。

　　聰明該用在對的方式，一昧的逃避對自己的人生一點幫助也沒有，如果一直沒有讓自己從不入流變成上流，那就也不該怪老天爺為何總是不願意給自己一抹燦爛。

停下來

文：君靈鈴

　　世間人百百種，各自對人生的態度也不盡相同，有的人只想每天安穩度日，也有人總是只往前看一路衝刺。

　　無法去定義到底哪種想法對人生才是最好的，因為人的一生要怎麼過是每個人的自由，但若是衝得太快太急，說不準在覺得自己得到很多的同時，也會發現自己其實隱隱好像也失去了很多。

　　什麼時候該停下腳步讓自己稍稍放鬆一下這件事一直是衝刺族最大的課題，又或者說是他們原本根本沒有想過這個問題，對他們來說朝著目標或夢想衝刺可能是目前人生中最重要的事，但如此不顧一切的結果賠上的可能是身體健康，也可能是與家人相處的時間，更甚者可能是等多年以後才恍然大悟覺得後悔的事情。

　　但說真的，聽過這些人說過，說自己如果不這樣奮力衝刺就會感覺人生好像沒什麼意義，在外人看來每天汲汲營營的他們其實內心是很滿足的，這是他們過日子的方式。

　　可這時總有位年紀較大的會幽幽開口，說自己就是年輕的時候衝的太猛太快完全沒有顧慮到其他問題一心只想成功出人頭地，但到了某個歲數開始覺得力不從心時才發現，原來自己真的錯過了很多，而且一點也不愛自己。

　　當然，這都是個人經驗談，但不可諱言在每個人的經驗談中總有一些值得我們去深思。

　　為未來拚搏是一件好事，這會讓自己的人生有更多色彩與意義，但也別忽略規劃時間停下來休息也是一件很重要的事，就像很多人都會感嘆時間錯過不會重來般，這段停下來的時候能會讓感嘆變少回憶變多而且甚至不會成為拚搏道路上的絆腳石，更甚者甚至會成為助力，讓自己更有力量繼續拚下去。

　　學著為自己或為值得的人停下來，就算只有一會兒也能從這段時間內得到以往不曾想過的收穫或感受。

　　別覺得這是浪費時間，也別覺得停留一點意義也沒有，不管是為了別人還是自己，該停的停留一定有它專屬的真諦。

　　人生最不需要的事就是後悔，雖然這兩個字從來無法避免，但我們可以選擇減少它發生的機率。

　　在疾步前行的世界裡，就該有一處天地可供休憩，一時的閉目一時的陪伴都是必行且不可或缺。

　　所以，學著停下來吧，就算只有一時半刻也好，有時候心靈上的豐富與身體上的療癒比什麼都重要！

自憐的代價

文：君靈鈴

　　身邊有成天喊累喊自己可憐覺得全世界不管誰都比他還輕鬆，就只有它累的像隻狗可憐的像沒人要的孩子嗎？

　　說實話出社會這麼多年，這種人遇到的數量還不少，而且他們都有一個共通點那就是非常愛自己。

　　其實懂得愛自己是一件好事，畢竟有很多人對待自己很殘忍，把自己當無敵超人，任何事都想著自己要身先士卒不能辜負他人的期待也不想因為怠惰而抹滅自己的夢想，但這裡要提的類型顯然跟超人無關，他們是一群喜歡躲在自己構築的安全殼裡的愛自憐族。

　　愛抱怨是他們的強項，覺得自己很可憐很悲慘是家常便飯，更慘的是其中還有較高階者會把自己任何不順心的事全都怪在別人頭上，範圍除了朋友、

　　同事之外，家人更是第一個遭殃。

　　對他們而言，他們從來不會認為事情不順或自己落魄潦倒是自己不好，總是會先怨懟上

天不公接著再擴大範圍，總之在他們眼裡這個世界沒有一個人是對他們友善的，而好事好運也永遠不會落在他們身上。

但事實真是如此嗎？

恐怕不盡然吧？

但他們從來不願意去細想也不願意檢討自己，遇到挫折就躲回殼裡，殼裡那個由他們自己構築的歡快世界是他們的安樂窩，所以躲著躲著很多人就此便不想離開，逐漸自然形成的封閉世界讓他們慢慢與社會脫節或是裹足不前，對未來一點幫助也沒有，但他們不管，因為他們覺得是上天與所有人放棄了他們，並不是他們不願意踏出來。

這種根深蒂固的觀念讓他們的人生隨著年齡增長變得更糟糕更混濁，但能適時調整的人總是少之又少，因為他們認為自己就是很可憐，沒有人願意給他們機會或是拉他們一把。

　　只是，真的永遠這樣想的話，說白一點還真是陷害自己進萬劫不復的深淵，即便他人真想拉一把恐怕也是觸手不及莫可奈何。

　　愛自己不是壞事，但把自己塑造成全天下最可憐的人這件事並不值得誇讚也不值得效法，因為或許在某一天忽然清醒了之後就會發現，原來不是所有人拋棄了他們，而是他們很早就躲在自己的殼裡拋棄了全世界。

　　成天自憐的代價或許一時半刻察覺不到又或是根本刻意不想面對，但沒有警覺或不想面對的後果很可能是這些人無法想像的糟糕，只可惜有些人永遠不想覺醒，因為在他們眼中，躲避才是最好的辦法。

逞強

文：君靈鈴

　　有很多人不懂某些人為什麼在某些時刻總喜歡逞強，明明看著做不到的事但他們偏偏不想放棄，撐著一口氣就是想把事情完成，但很多時候事與願違事情走向了失敗的局面，他們又得承受他人的諷刺跟嘲笑。

　　其實誰喜歡被嘲笑被諷刺呢？

　　這樣的逞強說穿了無非是一種保護色罷了，在遭受他人的質疑時體內莫名就會產生一股力量支撐著他們，就算是明知道自己做不到但為了這口氣他們還是會拚了再說。

　　當然，如果最後的結果不好，他們最討厭的情況還是會發生，這一點他們不是不懂，只是對他們而言，與其一開始就被看低倒不如拚個一回說不定能拚出個奇蹟。

　　但人總說奇蹟難尋，何必把自己搞這麼累，一開始認輸不好嗎？

　　對喜歡逞強的人而言，這不是好不好的問題，而是他們的內心的坎過不去，逞強如果已

經變成一種習慣，那一開始就認輸便不在他們認知的範圍內。

雖然不是絕對，但許多愛逞強的人其實內心好勝心都挺強的，對於不熟悉的事物他們並不會因為陌生而望之卻步，反而會想要挑戰看看，這種勇氣可不可取尚未可知，可說一句老實話，這樣的衝勁並不是每個人都擁有的絕技。

撇除很多因素不談，曾經就偶然聽過有人這樣說過，說「以前我也沒這麼愛逞強，但身邊的人總是愛拿我開玩笑當樂趣，笑我這笑我那，笑我什麼都不敢，久而久之我也不知道為什麼就有了這種雖然知道成功率極低但凡事都要試試的心態」。

由這段話可以知道，一部分愛逞強的人原因無他，爭的就是一口氣，而什麼都不做跟試試再說兩個選擇比起來，他們通常都會選擇後者，搏一個成功也搏個顏面，至於後果他們總想著如果成功便成功了，倘若失敗也不算太後悔，因為至少拚搏過了。

那麼到底這樣的態度可不可取？

這並不是一個可以輕易下定論的問題，有的人覺得既然明知會失敗，何必走上這一遭？但也有人認為，如果不拚上一回，誰知後果是誰笑誰哭？

然而，不管是什麼選擇，人與人之間都該多點友善，愛開玩笑可以，但該有點分寸，嘲諷嘲笑甚至是無謂的謾罵更是不需要的存在。

人與人之間相處如果可以多點善意，相信這個世界肯定會更美好而不是永遠是誰跟誰在對立。

也許我們

文：君靈鈴

　　也許我們都忘了，很多人已經遠去，不再是觸手可及。

　　也許我們都忘了，很多事已經改變，不再是當年模樣。

　　也許我們都忘了，很多物已經消失，不再是隨手汲取。

　　因為我們的生活被太多新進駐的人事物給占領，有了新朋友就忘了舊朋友可能還在原地等你，有了新工作新同事就忘了在前公司受過老同事的幫助，有了新手機就忘了以前初次拿到手機的興奮快樂。

　　世界變化的速度太快，導致我們的步調也跟著加快，但在加快的同時卻也因此忽略了或甚至失去了很多，就像單純的快樂、純樸的人情味、久而不見的欣喜，取而代之的是隨意即可到手的無感、日漸冷漠的人情、通訊軟體上的好久不見，也讓很多人感嘆在瞬息萬變的今日，本應該活得更自在更快樂的今日，卻是沒

有半點欣喜之感，有的只是平淡如水的生活而已。

但平淡不好嗎？

其實也不盡然，只是我們都很希望可以享受到以前曾經經歷過的高漲情緒，卻因為很多因素導致我們要求越來越高，而能得到的快樂也越來越少。

當快樂已不單純，當幫助被過目即忘，當想見就打打字都成為一種慣性後，想真正的快樂變成有難度，想幫助別人卻開始猶豫，想見見老朋友卻還是拿起手機，有些事失去了初衷之後，味道也就跟著改變了。

所以，還是收起惰性找回初心吧！

有些人把人生看的太複雜也把目標訂得太過遠大，才會導致自己被自己困住，走不出自設的枷鎖也逃不出世俗的目光，時常在某個情境裡掙扎，總覺得想脫困比登天還難。

這時候心急是沒有用的，只會讓自己更亂而已，何不強迫自己冷靜下來，想想自己是否

真無法應付眼前的情況，自己是否真的已被逼到絕境，倘若不是那就想辦法解決，倘若是，那就勇敢面對，所謂天無絕人之路，很多時候我們認為的絕境其實並不是邁不過去的坎，而是看我們有沒有勇氣踏出步伐邁過去而已。

所以......

也許我們該知道的是，有些情感要珍惜，要不一旦遠去就再也找不回。

也許我們該知道的是，有些快樂要銘記，要不一旦忘記就再也無法尋。

也許我們該知道的是，懂知足才會常樂，懂感恩才會珍惜，懂放慢步調就會得到意想不到的收穫。

雖然無法求事事圓滿，但至少讓人生少點遺憾多點開心。

傷口或許是一個出口

文：君靈鈴

　　很多人都會有不想被揭開的傷疤，可能是情傷、死別之傷等等不想為外人道的傷。

　　這些傷口痊癒的速度通常很慢，有的甚至一生也好不了，就像烙印般一直停留在心臟上，只要想起就會覺得難受甚至感到快要窒息。

　　對於這些傷口，很多人會選擇逼自己封印，但封印只能治標不能治本，只要有情況觸碰到邊緣，疼痛還是會來襲，並不會因為封印而有所改善。

　　所以有些傷口只能揭開面對，但這並不容易，就像死別之傷，在明明知道這輩子不可能再與心頭牽掛的那人相見時，要去面對這樣的情況並讓自己走出來是一件極度困難的事。

　　又例如情傷，在愛情上受到重擊之後有些人可能因此再不談感情，怕的就是如果傷害再來一次，自己可能就會直接崩潰，陷入黑暗之境。

　　但逃避總不是個辦法，不想面對也還是得面對，如果不學習走出陰霾，那麼說不準終其

一生都將陷在此傷痕的漩渦中無法自拔，甚至還會帶來更糟的後果。

但前頭說了，有些傷害要走出來並不容易，面對面迎戰迎接的可能是另一次撕心裂肺之痛，在這種可預見的難以承受背後造就了許多逃兵，逃避著面對這個問題，就算有人說時間可以解決一切，但這些逃兵就是認為無論如何都解決不了，所以不想面對。

但受過情傷之後不談戀愛就從此天下太平了嗎？

死別之痛不去面對人會再活過來嗎？

這恐怕不是絕對，畢竟世上無絕對這句話向來靈驗的很，所以如果不學著去面對傷口甚至治癒它，那麼後續的麻煩可能會更多更雜更讓人意想不到。

很多人都知道，受傷其實沒那麼可怕，可怕的是後遺症，是那種想起來就毛骨悚然不想再經歷一次的恐懼，是那種覺得自己再遇上一次就可能意識全面潰散的可怖。

　　但在愛情上，總不可能遇到的每一個人都是渣男渣女，而生離死別更是人生常態，遇到情感傷口如果自己不去面對不想走出來，那永遠也迎接不了真愛的降臨，至於死別，用思念和回憶來取代封閉或許是更好的辦法。

　　所以，找個機會找個時間找個讓自己可以療傷的地方吧，勇敢面對傷口然後勇敢的走過去，因為另一頭通常都是充滿光明的出口，一個讓自己得到救贖的出口。

計較

文：君靈鈴

　　愛計較或許是人的一種通病也算是一種人性的特質，幾乎每個人都會有一個甚至多個會引起想計較的點，在某個時刻某個地點就會不自覺爆發出來。

　　有的人較含蓄斯文，心裡雖不高興想計較但礙於很多因素只會在心裡或表情上展現出不滿，但情緒較為直接的人可就沒這麼客氣了，想著既然已經如此，那此刻不計較更待何時？

　　在不滿的情緒導引之下踏上計較的道路，不管情況多麼險峻只想著要攀頂，為自己爭得一口氣。

　　是的，很多時候都是因為一口氣順不了吞不下，認為他有為什麼我沒有，明明兩人差異不大，沒道理好處都讓他人撿了去而自己卻像路邊的石頭沒人搭理。

　　就拿小紫來說吧，她跟小紅是妯娌，但她不知道為什麼公婆似乎比較偏愛小紅，有好處一定小紅先拿，而她可能就是拿剩下的或甚至沒有，在小紫的主觀意識中她判定公婆就是很

明顯偏心，然後天馬行空又無邊無際的胡亂猜測就不斷發酵，引發她開始與小紅任何事都要計較的心理。

但她不知道的是，小紅受寵是因為她的貼心跟孝順，比起小紫對公婆的生活起居壓根兒不管的態度，小紅時常對公婆噓寒問暖悉心照料，對待公婆跟對待自己的親生父母沒有區別，這才是小紅受寵的主因。

但小紫沒有意願去了解，她眼中看到的只有偏心二字，所以她要計較，什麼都要計較，不管在什麼方面，在這個家她就是要計較到底！

所以在此之後小紫時常得理不饒人，處處找小紅麻煩不說也時常在公婆面前毫不留情捍衛她口中所謂自己該得到的待遇及權利，孰不知這樣的行為只是讓所有人對她反感，後來就連她丈夫也受不了，開始思考枕邊人是否真的還適合自己。

其實計較不是一種罪，但要看使用在哪方面且是否合理，無理取鬧的計較只會讓人厭煩，

而在正確正規合理襯托下的計較才是所謂捍衛自己的權利。

　　一件事通常都會有很多種處理方式，端看自己怎麼選擇，要看開要計較自然也是自由心證，一口氣忍不下去就暴怒想爭回自己應得的權益這種事時常有之，但終究得看自己是否站的住腳，否則爭得一時勝利卻贏不了永遠，這樣的計較就一點意義也沒有。

富爸爸窮爸爸

文：嘉安

　　看一本書就能致富，當然是不可能的，不過，看書能夠學習當中的道理，確實是存在的。曾經看過一本書《富爸爸窮爸爸》，可說是獲益良多，這本書看過很多次了，兩三年便會翻看一次，每一次重看，內心都會有不同的感受。或許年齡大了，又或許人生閱歷豐富了，更多的或許，可能是做生意的經驗增加了。

　　在書中首先能夠了解到，大部份人過的都是貧窮生活，而且，是一代傳一代，因為傳統的思維，「打工賺錢」根深蒂固。當然，要擺脫貧窮，也不是那麼簡單，除了基本的財商知識外，還要學很多很多。

　　本書裡有基本的做生意概念、投資概念，其實都可以令讀者得益不少，但能否融匯貫通又是另一回事。就像書中有提過，房地產可以是投資賺錢的項目，同樣也可以是負債。有不少香港人都誤以為，香港的地產是資產，但其實卻不然，現在的香港宗主國是中國，而中國的國策，所有土地都是國有的，換句話說，即使你買了房子，也不代表你永遠擁有。這與作

者的所在地美國有所不同，雖然此刻，香港房價不斷上升，看似價值無限，但其實卻如履薄冰，沒有知道會有什麼政策，會使你一無所有！這情況台灣就好得多，即使台灣房價沒有上漲，但基本上，你永遠擁有該資產。

除了地產外，還有提到很多理財觀念，包括營商的基本認知，如營商，基本上大部份都是失敗而回，讓讀者能夠理解，做生意的不簡單。還有多個基本原則，及能夠賺錢的方式建議。

書中還有一個最重要的核心，對我來說非常有用，就是很多人誤以為打工很穩定，但書中卻認為打工最不穩定，而且，越專業越危險。這一點我是相當認同，所以，很多年前我就決心創業，至今已超過二十年了，如果包括小學時的小生意，更有四十年歷史呢！

至於大公司裁員經常上新聞，大家會感覺很震撼，但小公司呢？這情況就更多，只是小公司把人開除不會上新聞，重點是，老闆要你走，你還是要走，根本就毫無保障。

　　雖然看完這書是不能夠馬上致富，但至少你能夠掌握基本的金錢知識，有了概念，之後無論做生意或投資，相對來說便容易很多了。

穿衣服

文：嘉安

　　人類與地球上所有生物的最大不同之處，必定是穿衣服這件事情上，因為整個地球，就只有人類會穿衣服，即使寵物也有穿衣服，也是因為人類替牠們穿上而已，原因都是人類會穿衣服。

　　人類何時開始穿衣服？這應該由考古學家去研究，但不管穿衣服的歷史有多久，並不會影響我們今天必須要穿衣服的事實。人類的身體脆弱，必須要穿上衣服來禦寒，除了盛夏的氣溫外，其他的溫度，都必須要穿上衣服的。

　　當然，人類的所謂文明，穿衣服也是一種表現，不只因為衣服有實際功效，卻因為美觀而成為人類的必須品。

　　而談到美觀，這學問可大了，到底怎樣穿衣服才是美觀？這其實是很主觀的話題，不過，卻有很多時裝設計師或造型師，都有不同的意見來分享他們的心得，一般來說都可以有一個標準。

穿衣服是否好看，除了衣服本身的款式之外，還要穿的人能夠配合，有些人就是擁有模特兒的身材，無論穿什麼衣服都同樣好看。不過，擁有這樣身材的人畢竟還是少數，大部份普通人卻有不同的身材，有胖的、瘦的、高的、矮的，各種身型的人，其實應該搭配適合他們的衣服才會好看。

除了身型問題外，場合也是穿衣服的規則，去游泳你不會穿西裝、去談生意你也不會泳裝、出席葬禮你不會穿紅衣...等等，這些規矩，當然也不知道什麼時候定下來的，總之，大部份人還是都會遵守的。

衣服還會分成男裝、女裝，基本上是不會胡亂的混著穿，也有少部份人喜歡男穿女裝或女穿男裝，社會上有一個名詞，稱為「易服」，當然，只是不傷害到別人，如何穿搭是沒有問題的。

還有一種更有趣，名為「Cosplay」的玩意，就是穿上特別的衣服，去扮演你所想成為的人

物，這玩意的衣服更多樣化，色彩更豐富，這興趣更不限年齡，自然一番的滿足感。

　　不過，穿衣服無論其他人如何批評或讚賞你所穿的衣服，任何人都必定要通過自己的一關，穿好衣服，照照鏡子，自己覺得滿意了，才會將之穿到街上。如果連自己都不滿意，別人自然無法去批評了，因為根本不會看得到。所以，話說回來，何須太介懷別人的看法呢？如果穿衣服你覺得舒適，好看便足夠了！

說一套做一套

文：嘉安

　　漫長的人生中總會遇到各式各樣的人，有這麼一種人讓我們防不勝防，甚至恨得牙癢癢地，也就是說一套做一套的人，他們不止會害別人，可能還會害死自己，非常恐怖，當我們知道這樣的人在身邊時，能離多遠就多遠，以免被賣了還幫他們數鈔票。

　　話說一位朋友年輕時的慘痛經驗，那一年，他才二十三歲，剛大學畢業，工作沒多久，老闆要每個人提出對公司的想法及意見，他寫好了之後，交給部門的主管，主管說這些都不適合交出去，要他虛偽一點，寫公司沒有大問題，最好拍老闆的馬屁，他想說主管交代的就照辦，於是重新寫了一份，內容空洞但是老闆可能喜歡的，開會的時候，他原本寫的那一份，被主管一字不漏的交上去，只不過建議的人變成了主管，並且得到董事長的稱讚，而拍馬屁的，一週後便被公司開除，多麼冤枉！多麼慘痛的經驗！

　　一家高級餐廳，生意越來越差，老闆找了一個專家去發現問題，並且提出改善計劃，結

果陰錯陽差，老闆不在，計劃交給了店長，店長看到改善計劃中都是自己的錯，於是做了一份假的改善計劃交給老闆，實際上就是維持原狀，結果就是餐廳倒閉，不但害了老闆繼續虧損了半年，也害全體員工都失業，店長自己也失業。其實改善計劃也沒太多要求，主要就是水杯、盤子要乾淨，服務生要訓練足夠，並且有禮貌，菜單要有主廚推薦、店長推薦，以及招牌餐，空調溫度不能太低，造成食物快速降溫而不美味了等等，這些都是很容易辦到的，卻因為店長的懶散，不願承認自己的過失，而造成這家餐廳失敗收場。

也曾看過一個業務經理，在教新人的時候，說不能這樣，也不能那樣，結果自己說的都不做，到頭來，他手上的業務幾乎都停擺，差點就害公司營運出問題，追根究底，還是因為說一套做一套，結果造成客戶的不信任，也讓公司的業績大幅度衰退，當他離職之後，新的業務經理採取全新的策略，誠實面對客戶，甚至帶大客戶參觀生產履歷，也就是從原料端就開

始，一直到交貨的所有程序，順利贏回客戶的信任，也讓雙方的合作持續了數十年，這是雙贏的局面，最重要的原因就是誠實，當選擇了欺騙，客戶的回應除了砍單，還有可能把不誠實的事讓同業都知道，到時才要挽回的話，真的太難！

製造問題還是解決問題？

文：嘉安

　　不論是在那一個領域，都會有不同的意見，對事情的見解不一，這很正常，因為每個人都是獨立的個體，所學不同、見識不同、生活不同、居住環境不同，有太多不同，所以在給出意見或想法時，未必正確，可能可以解決問題，但更有可能是製造問題，造成新的麻煩，或者更多不能預測的問題。

　　因此，不要堅持己見，要討論後才執行，才不會產生過多的後遺症，製造更多需要解決的問題。

　　在肯德基還沒有在台灣大紅的年代，炸雞的市場還很封閉，沒有加盟店，大多是單打獨鬥，一個朋友在逢甲商圈開了一家複合式餐飲，其中以木瓜牛奶跟炸雞最受歡迎，因為木瓜是現切的，牛奶是高知名度品牌的鮮奶，而炸雞使用的炸粉，每桶僅十公斤，要價高達數千元，每片炸雞排的成本就多達三十元，當時其他的店，雞排僅售三片一百元。

　　在競爭壓力下，只好被迫使用便宜的炸粉，但這是一個致命的錯誤，改變配方之後，雞排客戶流失約七成，連帶木瓜牛奶銷售量也減少三成以上，提出建議的店員自願離職，但生意已經大不如前，將配方恢復之後，也無法挽回頹勢，最終只能收掉這間生意不錯的店，非常可惜。

　　同樣的問題出現在一家自助餐，原本使用的沙拉油、酥炸油、醬油、飲料都是知名品牌，而且定時更換酥炸油，因此附近的人都很捧場，知名度甚至達到一平方公里之外，後來小老闆嫌毛利太低，沒跟老闆娘討論，便私自進了低價的沙拉油、酥炸油、醬油、飲料，以為可以提高利潤。

　　結果就跟上一段的複合餐飲店一樣，短短三個月，生意量減少將近一半，忠實客戶跑光光，那些慕名而來的，也大失所望，又過了三個月，只剩下三成的業績，扣除房租、人事、材料、水電等，每月虧損數萬，當然也就混不下去，關門大吉。

　　做生意，能夠將成本壓低固然是好事，但不是每次都能成功的，有時做了一個錯誤的決定，就會讓公司、企業難以翻身，甚至消失，在利潤與客戶信賴度之間，還是要找到一個平衡點，千萬不要低估消費者的智慧，你想增加利潤，他就可能成為別家企業的客戶，流失掉的客群，需要花很大的力氣才能挽回一小部份。

　　而隨著網路時代的來臨，這種事就傳的更快，店家要倒閉的速度可能只需數週，尤其是連鎖店，一個分店的錯誤，就可能造成大部份的店都受影響，在決策之前，還是要多想想，多討論！

疫情之後的疫情

文：嘉欣

　　武漢肺炎的疫情在經過一年多的時間之後，部份國家或地區非但沒有趨緩，反而在 2021 年 3 或 4 月份大爆發，即南美洲的大國巴西、阿根廷、智利、哥倫比亞與亞洲的大國印度、巴基斯坦等，全世界的人們為了生計，不得不冒險，但他們忘記了口罩的重要，忘記了洗手的重要，也忘記與人保持距離的重要，導致原本看起來已經越來越趨緩的狀況，再度惡化，而且這次的惡化，已經超出醫療體系能夠負擔的範圍，印度政府根本束手無策，任由人民倒臥街頭，等待死神的來臨。

　　或許疫苗已經誕生，但保護力仍然不足，甚至有些疫苗根本就無效，身為生產疫苗大國的印度，用傲慢的態度面對疫情，現在失控的疫情正以驚人的速度在印度蔓延，若沒有處理好，單月將達一千萬人染疫，若這個數字達到了，就代表隔月就有可能二千萬人染疫，甚至更多，即使死亡率一成來估算，將有數百萬印度人將喪命。之所以發生這樣的問題，除了貧窮之外，最大的問題在於傲慢，或說是過度的

自信，也可以說自律的能力太差，人們肆無忌憚的參加群眾活動，這便是病毒大幅擴散的機會，但顯然他們沒有意識到這一點，等到大爆發來臨，已經措手不及。

由於病毒的變種持續出現並且發威，也就讓疫苗的保護力不足，想要研發出全能型的疫苗並且施打完成，恐怕也要三年五年，甚至更久，在這幾年內，人類如果不能自律，依然故我，疫情時好時壞也就不足為奇，要將疫情完全控制，也許要花十幾年至二十年，這對於當前的世界是個嚴苛的考驗，許多國家都是政客當權，政客的本質就是短視近利，看的是幾個月內的事物，能看到一年兩年已經非常難得，當世界處於這種重大危機時，政客往往是造成災難的推手。

最近全球都進入了《無限 QE》模式，瘋狂的印鈔票，直接造成了股票、房地產、大宗物質的飆漲，連虛擬的比特幣也在短短的半年就漲了五倍之多，背後所隱含的意義就是通貨膨脹，也就是民生物資上漲，這對金字塔頂端的

消費群根本沒有差別，他們因為股價、房價上漲而身價大漲，所以物價上漲對他們來說根本沒有傷害，但平民百姓呢？沒有得到好處的這一群人，反而成了受害者，接著實體經濟便會受影響，也就是通貨膨脹的相反即通貨緊縮，這也意味著股市崩盤即將來臨，印鈔票像是興奮劑，一旦藥效過了，就只能再打一針興奮劑，等到那一天打了兩針三針都沒效時，新的金融危機就會爆發，也就是疫情之後的疫情是金融危機。

知己難逢

文：嘉安

　　古人說:《千金易得，知己難求》，意思是賺大錢比較容易，但是要有一個知己卻非常困難。很多人在一生中都有許多朋友，但所謂的知己或知音，可能寥寥無幾，甚至空空如也，連一個都沒有。尤其是在某些領域的頂尖高手，他們在追求巔峰的同時，更顯孤獨，別說知己了，可能連一個像樣的朋友都是奢求，最懂他的，恐怕是他最大的敵手，而兩人能否化敵為友？是否能成為知音？恐怕不是那麼容易。

　　他是一個業餘的水族玩家，雖說是業餘，但已經非常專業，各種水草共超過百種，家裡有三個房間都拿來種水草跟養魚，魚缸數量多達三百多個，他養的是孔雀魚，能夠說出來的品種，他的家裡都有個幾對，甚至整缸幾十尾都是同一品種，由於工作之外，幾乎所有的時間都拿來照顧魚跟水草，所以根本沒時間交朋友，或說是偶爾跟朋友聯絡，直到他報名參加觀賞魚大賽，他跟另一個選手認識之後，兩人開始交流，兩人認識初期，無話不談，也很快成為知己，但在五年後，兩人為了爭奪世界冠

軍，友誼開始變質，友誼是經不起這樣的考驗的，除非能夠真正的惺惺相惜。

　　他是個麵包師傅，沒什麼太多的慾望，麵包的品質很一致，客戶都算非常喜歡，但偶爾有一兩天，麵包的品質會不如預期，這天，一位客人出現在他面前，說昨天的麵包烤焦了，兩人一見如故，相談甚歡，原來這位客人也曾經是個麵包師傅，只不過現在老了，不想再繼續做下去，但又不願自己的絕活失傳，於是到處尋找可能的人選，這個麵包師傅算是最佳人選，幾個月後，客人拿著一本筆記本，裡面記載了一些訣竅，還有秘密配方交給他，從此以後，他的麵包更受歡迎了，幾乎出爐兩個小時內就被搶光，兩人也成了好友。

　　他剛失戀，工作也不順利，拿起了塵封已久的釣竿，來到溪邊垂釣，半小時左右，一個中年人走過來對他說水太乾淨，魚不會上鉤，他說他只是心情不好，並不想真正把魚釣上來，只是來散心的，於是兩人找了一棵大樹下聊天，中年人比他更慘，妻子外遇跑了，生意失敗負

債累累，雖然同是天涯淪落人，他還是幸運多了，兩人雖然成了好朋友，但他還是很有衝勁，這天，中年人來電他卻沒接到電話，隔天他回電卻已經是關機，他覺得事情不單純，趕緊來到大樹前，遠遠就看到中年人吊在那裡，中年人自殺了。他深知中年人心中的苦，忍痛通知對方的父母，也幫他辦了簡單的後事，多年後，他沒有再遇到這樣的知音，想起中年人時，便會到大樹下獨坐，彷彿當年的時光倒流。

酒肉朋友

文：嘉安

　　有一種朋友，找他去爬山、看風景都不會出現，吃飯也說沒空，不過，如果說是要請客，不用他出錢，他可能會第一個報名，如果是要去喝酒，甚至是去酒店，他搞不好會趁機敲竹槓，騙你去最貴的酒店，結帳的時候，帳單的金額可能超過十萬，讓你後悔莫及，恨得牙癢癢的，巴不得跟他絕交，但這種人的臉皮很厚，厚到子彈打不穿，鑽頭鑽不過，原子彈可能都拿他沒辦法，才被他狠狠敲了一筆，隔幾天又會想方設法騙你掏錢，這就是酒肉朋友的典型思維與邏輯。

　　他有個三十年交情的同學，不過他並不喜歡被這個同學打擾，因為這同學是典型的酒肉朋友。不論是吃飯、喝茶、撞球、看電影，這位同學從來都不付帳的，甚至連他自己的部分也從來都不付，有次同學開車載他出去，明明只有十多公里的路程，偏偏就開去加油站，硬是把油加滿，還假裝錢包沒帶，他只得掏出錢包，心不甘情不願地付了二千三百元，事後這個同學也裝作不知道，沒有還錢的意思，他覺

得這同學很沒意思，老是佔他便宜，碰到這種厚臉皮的同學，同窗之誼早就煙消雲散，能躲多遠就多遠。

　　還有一種酒肉朋友是臭味相投型的，真的就是一起去喝酒，沒錢的時候就在路邊攤喝，錢多的時候就去酒店，左擁右抱，雖沒有到今朝有酒今朝醉，但也差不多了，他們其實對人生早已看透，或說是不抱任何希望了。他是個水泥工，收入並不差，無奈老婆喜歡穿金戴銀，又把保養品買好買滿，兒子不上進，從高職到科大，都是念那種花大錢就能進去的，所以他的口袋經常空空的，衣服沒幾件像樣的，偶爾會找他的朋友喝酒，他的朋友自從老婆跑了，就整天借酒澆愁，反正有很多祖產，也就長期不工作了，心情鬱悶就會找水泥工去酒店，甚至一起找應召女，都是他買單，他要的不過是有人陪他，聽他幾句，兩人多次醉倒路邊，對他們來說，生死早就不重要了。

　　但也有酒肉朋友是知己的，他們之間很有默契，任何一方遇到困難、心事重重，都會約

出來喝點酒，藉著酒意來個酒後吐真言，即使無法幫助對方，至少讓情緒有宣洩的管道，或是去小吃部，大聲唱歌宣洩，不小心就跟裡面的越南妹來個人與人的連結，反正喝得醉醺醺了，就算是恐龍妹也無所謂，反正醒來之後又是一條好漢，繼續打拼，至於是否能夠翻身，那早已不是目標。

一張票，看到笑

文：嘉安

　　香港近年物價飛漲得很厲害，以電影院門票為例，筆者以往是某 B 字頭院線的支持者，因為他們的早場門票只需 40 港元，逢周二在他們設在油麻地，放映較多小眾電影的影院，門票只需 45 港元，而且如果有會員卡的話還可以儲分。只是，這些美好的日子早已遠去了，該院線的門票「公價」已經漲至 60 至 80 元，所以筆者老早已經沒有光顧了。

　　所以現在在香港進影院看電影，確實是令人捨不得的昂貴玩意。喜歡看電影的筆者，無奈下近年已經越來越少進電影院看了，畢竟這已經變成極高昂的消費，當然能省則省啊！

　　不過，此地不留人，自有留人處。筆者於前幾年到台北旅遊的時候，終於能夠抽空拜訪聞名已久的二輪電影院，在到這電影院之前，早已是網絡上的人氣電影院，非常多人談論。所以，到了位於通化夜市附近的湳山戲院時，似乎特別親切，再加上無論在外觀或是影院內的裝潢，跟香港的寶石戲院差不多，不過戲院

在「傳統」得來相當整潔，這些感覺絕對是意想不到的。

重點是在湳山只要付上 220 新台幣(約 55 港元)，假日門票更只需 150 新台幣(36 港元) 就可以從 9 點 45 分首場，看到凌晨 12 點半都可以，同一天更有 9 至 10 部二輪中西日韓猛片可供選擇，雖然沒有安排指定的座位，但只要有空位就可以隨時坐下去，同樣也可以選擇到自己喜歡的位置。

座位雖然算不得上是豪華，但仍然很舒適，而且電影種類也多，一次過滿足了多項要求，把之前錯過的電影　次過補償回來，實在是賞心樂事。

而且就算要離開戲院用餐或做其他事情，只要離開前讓職員蓋印在手臂上，就可以在同一天出入無數次！這根本就是體現「一張票看到笑」的精神。看到夠了，稍為休息一下，出外吃過午餐或晚餐，再回來繼續欣賞電影，也不用再補票價，這裡真的是傳說中 CP 值很高的電影院，絕對是名不虛傳。

　　加上同一時間播放的電影，每逢周六就會換一次，所以絕對是在台北的時候，萬勿錯過的娛樂福利！真的是每週來一次，也不會煩厭，只是要電影愛好者，這裡真的絕不能錯過，可以說：「人生若此，夫復何求」！

得到了面子卻失去了裡子

文：嘉安

　　面子一斤值多少？印象中，曾經有朋友這樣說，當時只是覺得他很生氣，氣他的父親亂花錢，明明家裡就很窮，卻還要打腫臉充胖子，結果那個月全家連續吃了一個星期的泡麵，害到他以後看到泡麵就想吐，就算颱風來，他也絕不會買泡麵來當應急的糧食，可見得這件事對他的傷害有多大，每個人都希望自己風風光光的，但如同台灣的俚語說的：【沒那個屁股，就別吃那個瀉藥】，不是嗎！

　　愛面子究竟會產生多可怕的後果呢？接下來的這個例子是家破人亡。他的家庭只能算是小康，生活過得去，但絕對無法過的很奢侈，但他也是個非常愛面子的人，買了一部二手賓士，由於已經過了保固期，也到了換東換西的時間了，隨便幾個零件，就是他兩個月的薪水，他只有兩個選擇，忍痛換零件或是把車子便宜賣，他選了換零件，結果就是夫妻開始吵架，倒楣的事情接著就發生了，他們在一次出遊中開車連續上坡了許久，車子突然怪怪的，原來是變速箱壞了，慢慢開到保養廠，又是將近一

個月的薪水，連同基本保養跟稅金，這部二手車今年已經花了他五個月的薪水，妻子希望他把車賣掉，換一部新的國產車，接著又開始吵架，並說要離婚，他在情緒失控的狀況下，用力地朝妻子甩了一巴掌，妻子跌倒，他沒有扶起妻子，反而出門喝酒，當他回家的時候，妻子已經從頂樓往下跳，死在中庭。

另一個例子也很離譜，他只是個小職員，家境也是普通，好不容易存了幾十萬，竟然用分期付款買一部寶馬，為的就是泡妞，才三個月，就開始跟朋友、同事借錢，朋友見他開著寶馬，怎可能借呢？原來他真的交了女朋友，但女友以為他很有錢，常常要求上高級餐廳，或是買名牌包，於是出門當闊少，回家吃泡麵，那部車跟著他不到半年，就進了二手車行。

都說攝影是無底洞，要量力而為，可有人偏偏不信邪，他為了接案子，只好買頂級的單眼相機，當然也包括鏡頭，加上周邊器材正好花了六十萬，已經彈盡糧絕的他，這才發現自己的電腦跟螢幕也必須更新，也需要一套專業

的軟體，兩年下來，接案也不過三十萬，透過
貸款咬牙苦撐的他，最後還是放棄了，因為要
接新的案子，又得買一部新的頂級單眼相機，
又是將近二十萬，否則會被同行笑，也會被內
行的顧客笑，他選擇了轉行，後來，他才知道
有很多人跟他一樣，賺的錢都拿去買最貴的器
材，白忙了幾年。

這樣真的比較省嗎？

文：嘉安

　　初到台北打拼，他發現公司附近的套房租金根本像搶劫，小小一間，家具家電都又老又舊，竟然月租一萬八到兩萬五，只好退而求其次，不過蛋白區的租金也都不便宜，隨便都要一萬二，住新北市總可以了吧？生活機能還可以的區域都不算便宜，預算不足的他只好選在偏遠的地區，每天搭捷運、轉車、走路，結果一個月的車錢超過四千元，通勤時間約兩小時，讓他有了搬到公司附近的念頭，但一想到公司附近的餐點都不便宜，他只好打退堂鼓。

　　她是大學剛畢業的女孩，租房子的方式跟上一段的男生相似，不過她選了騎機車上班，買了一部二手機車之後，天天騎三十公里左右，過了半年，機車開始出問題，一會啟動馬達壞了，一會普力珠破掉，皮帶也一起報銷，然後是電池，雖然加起來不到一萬，但也挺心疼的，沒多久又換成火星塞、燈泡、剎車在跟她要錢，總之就是一直修。

　　他上班的時候需要一部車，但他現在沒什麼錢，只好買一部二手車，但他的經驗不是很

足，看到一部五年的中古車卻價格不高，車商說沒有事故跟泡水，馬上掏錢買來開，沒多久就發現積碳嚴重，馬力不足，又沒多久，變速箱也壞了，最慘的是 A 型架跟避震也需要更換，他把心一橫，乾脆賣掉吧！二手車商說這部車是事故車，並告訴他撞擊的位置，而且里程表動過，前身是計程車，有重新烤漆過，冷氣也快不行了，只能以十二萬元收購，這下他傻了，八個月前，他用三十五萬買的車，低於市價約五萬，沒想到在短短的時間內，就讓他損失慘重，幸好買他車子的二手車商比較有良心，推薦了一部還可以的車給他，墊了八萬，以二十萬買了另一部二手車，開了五年都沒什麼大毛病。

他剛考過丙級的廚師，想要創業，剛好有個地點不錯的麵店要頂讓，在跟房東確認可以繼續營業至少五年之後，他便決定接手營業，不過他很快就發現頂讓的許多東西不合用，因為他要開的是快餐店，需要的其實是飯鍋，還有保溫台，所以一些煮麵的器材就冰起來吧！

因為大量備貨，因此冷凍櫃的角色就非常重要，很不幸的，冷凍櫃壞了，而且是在休假那天壞的，裡面的食材大約五萬多元，這價錢剛好可以買一台新的，奉勸要開餐飲店的朋友，冷凍櫃一定要買新的，而且是有品質保證的，因為禁不起一次故障，除了食材壞掉，買新的或維修又要時間銜接，損失的部分絕對不少。

誘惑

文：六色羽

　　我站在平溪支線鐵路上，前方旅人燃起的天燈，冉冉升空，在昏昏暗暗的天色中，彷如一燭點著的希望，飄洋在宏偉綿延的山巒間。

　　一盞二盞三盞，隨著天色越來越暗，點的人越來越多，我忍不住的細數著有幾個？

　　店家渾厚的呦喝聲在我耳邊響起：「要不要點一盞燈，祈求平安？」他似乎看到了我眼中的渴望。

　　我深深的凝望他一眼，然後再看看天上美麗的祝福。

　　「點一盞燈只要150，可在天燈上寫下為家人祈福許願的話...」

　　好誘人的招攬，再加上價格真的不高，難怪平溪平均每個月就有3萬盞天燈升空，數量有些驚人！

　　依新北市政府環境保護局統計，回收天燈的數量逐年攀高，直到2018年共回收大約29

萬盞天燈，而且這些數據還不包含峽谷、深山撿不到的天燈數量。

短暫的美麗，燒盡後卻變成無窮的麻煩。落下的天燈不只造成大量垃圾，而且未完全燃燒的廢物殘留重金屬，會對當地山谷動物的棲息地、水源造成污染。

天燈裡幽蘭的燭光，讓我聯想起朋友家中晝夜不熄照著多肉植物的紅藍燈。

多肉植物用肥胖的葉面，以黃金比例把自己層層包圍成美麗的圖騰，近來大受歡迎。當它躍然於陽光下時，為了保護自己抵制紫外線的傷害，還會變幻成許多意想不到的顏色，常常綠中透著粉紫，有些直接變成火焰般的豔紅。

人們知道肉肉變色的秘密後，坑肉的紅藍燈於焉產生。

白天紅藍燈欺騙了肉肉，讓肉肉誤以為紫外線很強，就產生了變色反應，但功率低的人造燈，卻又完全不能為肉肉的光合作用提供足夠能量。

　　變色還不夠，為了滿足人們把肉肉養得又大又肥美的虛榮心，夜裏，燈照開，紅光會讓肉肉不能睡覺休息。於是白天為了防曬而不會打開的氣孔，夜晚被人為干擾後依然關閉，收集不到足夠的二氧化碳，無法有效行光合作用，開始變得虛弱、易生病害。

　　還有其他不自然的養植工具，如 UVB 防徒長燈、助長燈、韓國多肉著色劑、矮壯素...用的都是同樣欺騙肉肉和破壞它們細胞、混亂它們生長的原理，看起來比較像在對肉肉行滿清十大酷刑。

　　視覺的愉悅卻建築在燃燒肉肉的生命上，這真的是你養它們的初衷嗎？

　　植物屬於大自然，居家園藝怡情養性就好。本來能淨化我們環境的植物，卻因人為的求好心切，反倒用盡各種畸形的手段揠苗助長，又造成地球的負擔。

將肉肉露養，讓它陪著你一起跟著日月星辰幻化成長，了解天地的運行如何滋養生命，那樣養活的肉肉會更有意義。

老街上天燈老闆的吆喝聲，再次將我拉回平溪鐵道上，好多遊客和我磨肩擦踵而過沒放天燈。他們是不是和我一樣，正在忍受著那些商家如招財貓的誘惑，放一盞天燈祈求平安吧！

祈求平安...

我決定用我的相機和眼睛，儲存天燈點燃後飄向天際的畫面。放開的瞬間，它冉冉地和這緊鄰鐵道兩側、傳統式長條街屋，融成一體。

這片淳樸的山城風情，真的需要得到祝福，以我們為我們的行為負責開始。

心曲共鳴

貓在猴硐村

文：六色羽

被一大群喵星人包圍，擼著牠們毛絨絨的外衣，那究竟是什麼感覺？

因為懶得養貓但是想和貓玩，所以我們決定到猴硐貓村，療癒一下都市生活緊湊的心靈。

天邊迷霧籠罩好像山雨欲來，陰濕的冷空氣，我隱隱約約看到喵空大師，探出頭在山頂上招著粉紅色肉爪子向我說：「歡迎光臨！」

冷冽的風讓我咯噔一愣！二月天往山區走居然忘了帶保命物，外套！

貓魔是不是打從一開始在山下就盤踞我心迷惑我，想奪我魂魄才會讓我忘了那麼重要的東西？

那座山頓時帶上貓高冷而神秘的疏離感，牠們諱莫如深的眼睛，悄無聲息地來，又悄無聲息地離開，一舉一動都讓人捉摸不定。牠們的潔癖，更是讓牠們在中古世紀成了大麻煩。

視骯髒為一種虔誠表現的中世紀歐洲人，愛乾淨的貓反倒被印上魔鬼的陰影，把牠們和

邪惡的女巫套在一起,一同受到可怕的殘殺,貓在當時受到的刑罰更是比女巫還要慘絕人寰。但在大量的捕殺之下,人類也很快遭受到報應,由鼠疫桿菌導致的黑死病橫掃歐洲,滅絕了至少 1/3 的人口。

軟軟的柔音在耳邊響起,低頭被喵星人的雷射波光給閃得天旋地轉,牠高舉著毛尾巴身子一軟,白肚肚翻天向我討撓的模樣,怎麼都無法想像牠們和人類竟有那麼一段黑歷史。

貓村座落在群山環繞中,這裡多山多風多雨曾是烏天黑地的煤鄉。如今黑墨墨的河水、充斥著空氣的煤塵都已不復見,宮崎駿的灰塵精靈好像自那殘存的煤礦坑伴著參觀列車,偷偷飄在遊客間載浮載沈。遠遠疾駛而來的火車響鳴,是否還摻雜著礦工們昔日搏命時的呦喝?向土地公掙來的黑金撒滿了血和汗,為的是能換取下一代的光明。

一隻貓終於慵懶地自我面前走過!我預期來到這兒之後會被淹沒在一片貓海汪洋中,牠

們會用靈動的波光崇拜地望著我討摸摸；或能躺在喵喵們組成的軟綿綿床舖任我恣意悠遊。

但是，什麼都沒有！

貓的數量寥寥無幾，少數幾隻在草坪裡冷冷的望著我，更多在高高低低參差不齊的屋頂上呼呼大睡。有隻坐在花台裡的鐘萼木後閉目，白嫩嫩的身子縮得肥嘟嘟的，看得叫人心頭奇癢想摸牠，但怎麼呼喚和溝通，牠都不肯睜開眼睛。

遊客的干擾，會讓夜行性的貓睡眠不足，於是我只能作罷不再打擾牠！

去看另外一隻橘貓要不要賞臉？

結果牠毛絨絨的無影爪一掌向我劈來，我「安烏喂」的連忙收手，好有個性地貓啊！

其實這裡並不是貓的天堂，卻成了人們棄養貓的勝地。動物的領域性十分強烈，家貓到野外會被在地的貓攻擊，如果又是隻膽小貓，最後的命運就是躲起來餓死或病死。

　　貓村的貓民，是由一群愛貓人士，一隻又一隻義無反顧接力救起來的生命。

　　來日你再造訪這兒，看到這些可愛的喵民時，記得感念背後默默付出的人，他們讓那些融化人心的動物們，不僅僅只是淪為人們招財的工具而已。

心曲共鳴

選錯的機率

文：六色羽

　　優雅的獨自坐在婦產科大廳，自大廳穹頂撒下溫暖的橘光，輕快的音樂流淌整個廳堂，但是孩子的哭聲、嬉鬧聲卻此起彼落的充斥整個挑高的空間。

　　高堂滿坐的沙發上，我的目光停在一位年輕的孕婦身上。

　　她肚子裏懷一個，身旁還有一個大概二歲多的小女孩，在沙發上爬上爬下，一刻都靜不下來。她的媽媽苦惱的一直叮嚀調皮的小女孩不可以這樣、不可以那樣，龐大的肚子也讓她的身子顯得十分笨拙，無心去追不斷亂跑的孩子，只在她跑離視線後，才會起身把她給抓回身旁。

　　我至始至終，都不見小女孩的父親來找她們。

　　還有個年輕媽媽就坐在我的正前方，本來滑著手機的她，似乎是膩透了手機的漫遊世界，索性閉目養神。她睜著眼時神情木然，現在閉

上眼後，眉頭深鎖...然後臉頰突然往上抽動，纖細的手撫著看起來快要臨盆的肚子。

應該是肚子裏的孩子在踢她，我也至始至終沒見到她的另一半過來。

有個網友說：她懷孕一個月後結婚，生產前三天簽字離婚，在產房賣命生孩子時，丈夫傳了一堆離婚協議書的內容要她確認，讓她欲哭無淚。

這些女孩的遭遇，真是讓人心有戚戚焉。

旁觀者往往會對掉進感情泥沼裡的人感到哭笑不得，不明白那個人明明就不適合他們，卻依然一頭栽進、還越陷越深的原因是什麼？

只能說，旁觀者清。

人與人的感情錯綜復雜，有多少人不是在青澀年華，懵懵懂懂的走錯感情這條路？錯認了對的人？遇到感情時，即使是頭腦清晰、掌控千人公司的 CEO，腦袋都會變得混沌當機，讓愛情騙子牽著鼻子走，落得人財兩失。

　　只是女人踏錯情字這條路，所要承擔的後果和代價，往往都是不敢想像。

　　感情中鬧出了人命，再受到母愛的天性糾葛，對腹中生命難以割捨，女人要付出的就是一輩子的心力，得獨自把那個錯誤的結晶，拉拔到長大成人。

　　這其中的辛酸苦楚，絕非筆墨可以形容。

　　而大多數男人都能拍拍屁股、無牽無掛的選擇離開。

　　配偶欄空白。

　　寶寶的出生證明，父親欄位也空白。

　　只要是身為一個母親、一個女人，面對那樣的空白，心必定都淌在血泊裡。

　　哪個女人不渴望被愛被呵護？

　　但在有了小生命自子宮孕育而出後，她也只能咬牙選擇堅強的站起來，為了孩子，你可以看到女人再瘦弱的小樹，也會變成一顆為孩子遮風避雨的大樹。

　　孩子的哭聲再次將我拉回。這時，老公終於停好車走進大廳來陪我，他一坐下便滑著他的手機，看也不看我一眼。

　　我看著他的側面想，當年，我有多少可能選錯人的機率？

　　現在，我們有了寶寶後，他有多少變心的機率？

　　他沒有抬眼突然握了握我的手問：「妳午餐想要吃什麼？寶寶餓了沒？」

　　婚後三年，感情上給彼此緩衝與適應再有孩子，也許是對的。

心曲共鳴

我與小說家的距離

文：六色羽

　　為了上小說文學課，每隔一個禮拜，獨自背著包包，坐火車北上。

　　站在月台上，看著一列列飛快的火車，穿越了台灣欒樹濃郁的翠綠，漫漫下成陣陣黃金雨，掃過一地的針雨花後來到冬季，提上盞盞暗紅色的小燈籠，也暖不了今年二月，從極地吹來的嚴冬風暴。

　　從七月到二月踏上列車的那一刻，心情都一樣緊湊。我又再次拋開為人妻子與母親的角色，踏上想出發的旅程，在它啟動的瞬間，廣播開始宣告下個目的地，惆悵漾出心境，還帶著些許的徬徨。

　　窗外的風光如快速播放的剪影，稍稍抹去了沒陪伴孩子度週末的不安。到站足足有二個小時的沈澱空檔，我時而閉目聽音樂、時而觀察周遭乘客們此刻的心境。許多次，火車突然穿過山洞又乍然驟見白日，復明又暗的交織，如十多年來毅然決定投入寫作這條磕磕絆絆的路。

　　當初不知哪來的勇氣下筆耕起文後，每每都被世人質疑否決的眼光給阻擋，害怕退縮於那些嘲笑聲浪的背後不敢再前進。

　　小時候，夢想就好像一列永遠也沒有盡頭的火車，懵懵懂懂連目的地在哪裡都不知道？似乎也不是很在意。但對於火車不斷往前馳騁的速度充滿快意與希望，一直相信未來的路很長且充滿無限的希望，自己一定會活得跟別人不一樣。

　　直到三十年後才大夢驚醒，駭然站在原地左顧右盼！

　　怎麼這三十年竟如曇花一現？而我做過什麼、又留下了什麼？

　　許多人問我，妳為何而寫？

　　妳是商學系畢業也不是文學系，怎會突然想要寫小說？

　　如果哪天你走在路上，連看到前方躺著一張潔白如絹的衛生紙都能聯想成一篇小說：

那張衛生紙是不是剛剛分手的情侶不小心落下的，上面是不是還殘留著情人的眼淚……

那張衛生紙上面該不會剛好是 B 市公園連環殺人兇手遺留下來的？

本市詭異病毒擴散，這張衛生紙是不是零號病人所留下的？

成天有這麼多的想法纏得腦門生疼，那不如把它們寫下來舒暢，而且還可以讓焦躁不安的心變得比水還要平靜。

有個來自泰山的老師曾告訴我，以後誰都會化作千年白骨與塵土，唯有寫過的字、創造過的作品還會留下你的痕跡。

生命綢短，我實在不想像許多年過五十到七八十的人，依然終日漫無目地的浮游，不知所去，眼神空洞的感嘆生命的目地為何？

人生若是能再重來，我們真的就能夠扭轉蹉跎過的光陰嗎？

只有硬著頭皮寫，把世俗對我的評判當成肥料；把一次一次的失敗當成挖向甘泉的溝渠。

很幸運的是，每當我站在放棄與前進的十字路口，總會遇到一位導師，不吝嗇的伸出手向我指引。也許我與小說家的距離最終不會有目的地，但我不會忘記那些鼓勵累積成的道路，相信總有一天我會鑿到甘美的泉源，灌溉我的田地。

信任難建立

文：六色羽

如果，你每天去上班，面對的環境是：

同事處處提防著你比他先升遷、天天戴著虎皮面具和你虛與委蛇；主管老是質疑你把事情做好的能力，不肯把重要任務下放給你；老闆總是退回你的企劃文案，讓人覺得很挫折。

這種不被信任的感覺，如果不論在工作、家庭或學校裡，無時無刻都纏繞著你，這樣的生活，真的只能用『惡夢』來形容。

也許不可能人人都針對你，但在職場生態圈裡，總是會有一兩個跟你的價值觀不同、對自己很有成見的人，讓你呆住不知所措、想反擊回去、或者乾脆逃跑另尋一片天地。

為何我們總是很難得到別人的信任？

為何我們總是不想信任別人？

『信任』不是由單一事件就能促成，而是透過一次又一次的重要經歷，把彼此串聯起來才能建立。而且，和他人產生信任之後，個人價值也會跟著水漲船高，一諾千金也非兒戲。

　　只是信任很難獲得，也非常容易失去。只要一次背叛或欺騙，很有可能使你累積了一輩子的價值或聲譽，一夕間潰堤。建立信賴的連結沒有捷徑，需要時間培養與累積。

　　某超商老闆一到店裡發現前台都沒人，趕忙跑到後面倉庫找人，就發現店長正抓著一名新進員工阿俊質問事情。阿俊卻默默的低著頭整理剛推進倉庫的貨，似乎一點也不打算回答店長的問題，店長氣得眼紅脖子粗。

　　老闆問：「怎麼了嗎？」

　　「老闆，你知道他有前科嗎？」

　　老闆挑高眉毛，也沒回店長。阿俊快速的瞄了老闆一眼，繼續埋頭理貨，雜亂的商品，在他的耐心整理之下，已經被分類的井然有序。

　　店長見老闆對阿俊的前科一知半解，心急道：「我要他交良民證，他遲遲交不出來才被我查出他是假釋中的罪犯...」

「罪犯？」老闆打斷店長的話，沈重的睨著阿俊。阿俊頭低得更低，四肢都發起了涼，看來，他好像又得重新找工作了。

老闆目光最後停在阿俊整理好的貨上，侃侃的說：「我只看到認真工作的理貨員，沒有罪犯。好了快到前台去，那裡不可以沒人。」

語畢，阿俊不可思議的抬頭盯著匆匆走出倉庫的老闆，心裏莫名湧上一股熱，旁邊卻有一道冷冽的目光狠狠的瞪著他。

店長不甘心的起身追了出去，在倉庫門口擋住了老闆的路。

「他是罪犯你還要用他，誰知哪天他把店裡的貨和錢偷得精光、或失控打傷客人什麼的…」

老闆最後丟了一句話給店長：「他來快一個月了，那些事不是都沒發生嗎？」

阿俊聽得鼻子都酸了起來。

　　因為老闆對阿俊的寬容與信任，從此，即使薪水再如何不夠用，他都改掉伸出第三隻手、便宜行事的惡習，因為他也相信老闆看得到他的努力，也會給與肯定。

　　阿俊在超商待滿一年後，由於行事有條不紊，得到老闆賞識將他擢升成店長，彼此都得到雙贏。

　　信任讓彼此產生了歸屬感，人類都喜歡享受與別人交心親近的那一刻，最難受的，莫過於和社會產生隔閡、失去連結或在團體中被排斥在外。

　　我們無法逼迫每個人都相信我們，但如果為了彼此福利能採取堅定的行動，去除對方大腦中針對你的焦慮與恐懼，讓雙方導向更有生產力的集體意識而合作，信賴感就能被啟動並回饋於彼此。

心曲共鳴

美由形容詞變成動詞後

文：六色羽

　　某日，抱著懷念往事的心情，在 LINE 上翻出好久未聯絡的朋友帳號，卻被她放上去的頭像給嚇住！

　　那是什麼？

　　是她嗎？

　　歐賣尬不覺自口中驚呼而出！

　　照片上的她，染成嫩粉色的長髮及腰，靠近臉蛋邊的瀏海和髮梢則染成墨綠色；雙眼下各貼了黑色淚痣，有點像眼影融化後的眼屎，想幫她撥掉的衝動油然而生。最重要的是，她的酥胸將近呼之欲出，雙手嬌楚可憐的抵在下巴上，兩眼瞪得好無辜。

　　看著那雙迷茫瞪得老大的眼睛，我胃不覺翻騰了起來，她是在學鬼滅之刃的甘露寺蜜璃嗎？

　　雖然她已四十好幾、又兩個國中孩子的媽了，想要抓住青春的尾巴，是可以理解，但是...到了這連呼吸都會胖的失控年歲，我只有在她

那張熟悉的眼底，看到年輕時的她，其他的，其實都已經走味變了樣。

時尚雜誌《柯夢波丹》編輯說：「我不避諱自己的年齡，八十三歲是我一生中最美好的年紀。」

你是否也像她那樣，坦然面對自己的年紀？

相信很多人都辦不到！

連每次在螢光幕上不經意看到好久不見的女明星，已變成明日黃花的衰敗，都會不禁為她驚慌失措的震撼！

時間究竟對她做了什麼？她曾經是那樣美得不可方物！

時間真的會將一個人給榨乾、摧殘的不成人形。

Coco Chanel 曾說過，拚命想扮年輕只會讓女人更顯老，不論任何年紀，有自己的風格才是最重要的，隨著年齡的漸長，越是簡單越有特色，此階段要強調的，是出眾的氣質。

何必羞於承認自己已經 95 歲？臉可以整，但雙手、脖子還是會長出如樹木年輪般恐怖的歲月風霜。

為什麼不能豁達的接受？

誰沒有變老的恐懼，但能活到這把年紀也是一種福氣。

朋友將自己勉強擠在甘露寺蜜璃的軀殼裡，自她努力挽留住歲月的裝扮上，我也看到自己流失的東西。時光荏苒，有些已失去的遺憾是不可能再挽回；另一些再回首，當年痛得錐心刺骨或欣喜若狂的事，如今卻能莞爾一笑的輕輕帶過。

人生真的宛如一場夢境，過了，是不是就該醒了。我很想告訴偽蜜璃朋友，妳原來的模樣比較耐人尋味漂亮。

承認自己現在已不再年輕的確很難，但隨著增長的年歲變得沈穩、面對困境的達觀與從容，自氣質上吐露出磨鍊後的平和芬芳，卻是

怎麼掩飾也掩飾不掉的碩果。魅力，真的要經歷過時光打磨，才會愈加醇厚。

20 歲之前的美是父母給的，40 歲以後的優雅是自己修養的。

陳文茜也說，年紀大了之後，美從形容詞變成了動詞，也許這世上真的只有懶女人、沒有醜女人。

年輕的時候，我們注重顏值多過內涵，但時間越久，外形上的標準就變得越來越模糊，能讓我們更加放光的只有涵養和氣質。珍惜遺留下來所擁有的，別再沈迷眷戀著已經失去的不放，能活得更像自己！

心曲共鳴

被 AA 制壓倒的結婚率

文：六色羽

　　網路上看到某個男性，正在大談如何和現任老婆從第一次出去約會，就順理成章的和她達成 AA 制的各種約定，並灌輸聽眾，現代人講求男女平等，身為新時代的女性，要有當自強的覺悟，本來就不該奢望男人總是替女人付錢。

　　他繼續描述，往後他和老婆出去約會吃飯，費用就開始都各付一半。

　　注意，不是各付各的，而是兩人相加後的一半。即使每餐男朋友都吃掉全部的 2/3，她依然要付 1/2。

　　一個女人對一個男人會產生好感，看重的往往不是「最後誰買單」？考驗的是男方是否具備責任感和擔當？約會時總想空手撩妹、吃掉 2/3 還自得意滿的男性，絕對讓大部份的女人退避三舍的鄙視。

　　他很幸運，遇到母性光輝十足的老婆。

　　婚前同意 AA 制的女人們，當心把男人寵慣了，婚後也一樣被要求 AA。

許多經濟能力強的女性朋友會覺得那樣也很 OK，反正妳負擔得起。但若妳不屬於那一類的女強人，婚前他那小眼睛小鼻子、事事和妳錙銖必計的盤算性格，那麼婚後，想要使他的肩膀能硬起來變成家庭的經濟支柱時，必定會經歷一場腥風血雨的震痛期。

先來看看婚後雙方在家的勞動貢獻有哪些？

生孩子：母親的工作。有些女人可是鬼門關前走了一遭才回來。

帶孩子：媽媽的工作。即使是職業婦女，下班和假日時，通常也是媽媽在照顧。爸爸通常會趁機出去和客戶、同事應酬。

孝順公婆：媳婦的工作。但孝順岳父岳母，不符合傳統習俗，所以丈夫無此道德上的顧慮。

祭拜祖宗八代：媳婦的工作。老爺子和他一家子人坐在電視機前等吃祭品。

家務：媽媽的工作，爸爸在幹嘛？看棒球或打電動。

婚前說好的 AA 制呢？

男人在家庭勞動貢獻上平均分配了多少？還能臉不紅氣不喘的要求女人在經濟上分擔一半的支出，這樣叫「男女平等」？

而且男人往往視在家執行勞務的妻子並沒有金錢上的收入，不能稱得上對家庭有「價值」上的貢獻，這對一個付出青春歲月給家庭子女的女人來說，沒有數字的依據，就沒有貢獻可言嗎？

民法第 1030 條之 1 修正草案已通過，將對家務勞動、子女照養、對家庭付出之整體協力狀況、雙方經濟能力等因素，都列入夫妻離婚後財產分配之中，家管不再是沒有價值的工作。

婚姻對女人來說，公平性本來就不對等，除了勞力心力付出相對較大之外，還可能要承擔男人棄孩子於不顧、外遇……等風險。而且婚後，丈夫對妻子溫柔體貼的熱衷度，也會隨著已手到擒來而消失殆盡。

　　既然女人婚後的痛苦指數如此之高，現在連婚前約個會也要 AA 制，女人似乎連男女關係間、被呵護被愛的浪漫蜜月期，都要被勢力男冠冕堂皇的剝奪走了，難怪現代女人一提到結婚就搖頭。

　　走在路上，娃娃車裡推的都是毛小孩，不再是娃娃。

　　男人既然無法給女人築起一個堅固又滿意的家，不能給女人安全感與快樂，那麼，現代女人自己一個人就能過得富足，到底要男人和生孩子幹嘛？

心曲共鳴

因果相鳴

文：六色羽

　　一月，妳說，我們到武陵農場賞櫻吧！

　　結果我來了，妳沒空來，來時卻已經是四月底，漫谷櫻花盡謝，不剩一片彩衣覓尋，獨留遍野的嫣紅果實，山櫻桃。看著它們嬌小如擁簇在枝頭的甘露琉璃，那是櫻花曾經驚濤駭浪壯闊於整片山林的最終痕跡。

　　我忍不住摘了幾顆櫻桃放入嘴裡，意想不到的甘美帶著淡雅的清香溢齒，心竟不自覺地雀躍了起來，但帶點罪惡感，今年妳沒吃到山櫻桃，來年再來品嚐吧！

　　以為四月天，鬱鬱蒼蒼的山林總會有寒意。但一路從台中開到清境，都是滯悶乾燥的炎熱，久旱不雨，河床都龜裂成奇形怪狀，乾枯的樹木參差其中，宛如踏進月世界。乾旱從去年開始延燒至今，連海島型的台灣都迎不來一場濕潤的甘霖！

　　茶園開始層層疊疊從山頂上橫切而來，壯麗的翡翠綠，在金碧的陽光下好不耀眼，像一

波一波粼粼的浪潮，整齊劃一的美很令人悸動，卻也觸動潛在的憂慮。

整片高麗菜，取代了紅榨槭、青楓…等原生森林，除草劑更讓高山到處光禿禿的寸草不生。黃土被整地翻種後裸露，這若來個連日豪大雨或強颱，很難想像會出什麼事？高經濟價值總能矇蔽人們的眼睛。

車子緩緩開進武陵農場，紅頂小木屋如張開手臂般迎接著我們，將行李搬上露台，迫不及待打開小木屋一窺今晚我們要過夜的地方。屋裏僅有張大床鋪和一張靠牆的長方桌，桌上僅放了一台吹風機，木質的芳香罩下，更為精巧乾淨的屋子增添幾許的溫暖。

再過不久太陽就要西下，這次露營不用搭棚，於是我們匆匆放下行李，便迫不及待的在木屋附近閒逛。

一旁早已到達的一對老夫婦翹著二郎腿在滑手機，看他們露台上空無一物，似乎除了人到，什麼都沒到的一派優雅；再隔壁是兩個家

庭組成的團隊，正將炊具和烤肉架從車箱大陣
仗的搬出來，看來他們的晚餐，鐵定十分豐富
精彩。

　　走在山崖的邊緣，蔥鬱的山林上有金色的
光影在挪動，山景跟著白雲變幻莫測，是不是
耶穌正百無聊賴的把雲朵當光的玩具移來移去？

　　然後有兩顆蘿蔔頭探出草叢，四隻小耳朵
抖了抖，我才發現原來是山羌在偷看我們，烏
溜溜的小眼睛好奇的打量了再打量，一溜煙就
跑得無影無踪！

　　葉影透淡月，氣溫驟降大概十度左右，連
鐵齒怕熱的孩子們都穿上羽絨衣。我們回木屋
後開始煎牛排，還煮了一鍋熱騰騰蕃茄湯麵飽
腹趨寒。

　　氣象局說今晚會有風面過境帶來較大的雨
勢，但整夜的小木屋都在寂靜的山林下度過，
屋簷上若要響起雨擊聲，也許只能在夢中找尋。

　　矇矓中我彷彿聽到山神說：業為因，報為果，過去、現在和未來，因與果輾轉相生，不會因為人認為不存在就不會發生作用。

　　我驚醒，天邊山雨因為過於酷燥的熱氣蒸騰，沒有足夠的森林保持住水氣，水凝滯於烏雲後，烈日一曬，全數煙消雲散。

　　再不下雨，來年妳有空上山時，恐怕再也沒有櫻花了。

心曲共鳴

是巧合嗎？

文：六色羽

你相信巧合或死神嗎？

原本坐在地板上，正打算翻開一本相簿的朋友，轉頭疑惑的看著我。

「幹嘛突然問這個？」他不以為然的繼續打開我的相本。

第一頁，是四張黃得刺目的黃色小鴨，它緩緩的進入高雄光榮碼頭的照片，那是概念藝術師霍夫曼的作品。岸邊攤販和遊客人潮洶湧，我和家人站在展現和平與寧靜的小鴨前，相機的快門按下 2013 年 10 月 14 日的這個早晨，小鴨的鋒芒讓女兒笑得好燦爛。

下一頁，一樣是霍夫曼的雪白兔子，它帶著微笑，躺在微微隆起的機堡上，一邊思考著生命、一邊做著白日夢賞月，放鬆舒適的模樣，讓人也想跟著它一起平躺在曠野中放空自己。

女兒如軟糖人，彎著腰和玉兔合影，當日是 2014 年 9 月 4 日，一樣豔陽高照！

「這些照片和你剛問我的問題有什麼關係？」

「也許你看到最後一張就會明白。」

他繼續往後翻:「這大飯店好漂亮，是福隆嗎？」

那天我們四個人坐在獨棟式的木屋前廊下，後面有無垠沙灘，湛藍海水，優雅而恬靜群山圍繞著我們，小庭子裏的藝術燈乍然亮起，將下過雨的小草地照得好溫馨。

照片最後以一張經過基隆河的風景做 End。

緊接著是 2016 年 9 月我們要離開溪頭在紅檜神木前的合影，那天天氣陰陰鬱鬱的，最後下起了大雨，山中變得十分的寒冷。

我們一家人走過的足跡他當然都曾踏足過，他跟著照片的留影也回味了他熟悉的風景。

時間不知不覺已來到 2018 年 2 月，花蓮的統帥大飯店。照片中，我的孩子像一下子就

捏拔長大的泥娃娃，漸漸的退去了童稚時無憂無慮的微笑，染上了少女情懷的憂鬱。

他感嘆：「孩子長得好快啊！」

但他眉頭隨即皺了一下，然後一臉困惑的將相薄往前翻！終於感受了一絲不對勁。我沒說什麼，繼續要他往後看到最後一個景點。

古色古香的首里城，巍峨的盤踞在沖繩島內南部山坡上，他儼然一怵，抬頭看著我的神情，似乎終於發現了他一開始看照片時，我問他的問題。

「照片上的這些地點…好像都發生過意外？」

「沒錯，但有一些令人毛骨悚然的巧合，跟我們有關。」

我把相簿翻到第一頁。

「黃色小鴨於 2013 年 12 月 31 的基隆河上離奇爆斃死亡，無法陪民眾跨年，我們去的時間是 2013 年 10 月；玉兔 2014 年 9 月 15

因工人施工不慎引發大火，月兔頭部、背面幾乎被燒毀焦黑，我們是 9 月 4 日去的；2015 年 2 月 4 日一架復興航空飛行不到三分鐘就墜入基隆河墜機，我們當年 1 月去福隆時才經過基隆河；還有那棵在溪頭活了 2800 年紅檜神木，也在我們 2016 年到訪後不久倒塌，還壓傷 3 遊客......」

朋友張目結舌，此刻在他腦中的，一定是花蓮統帥大飯店地震後倒塌後的慘況；還有那揮之不去、一把就將首里城給燒毀的恐怖惡火！

他目光如炬的盯著相簿上拍照的日期，再和手機上查到的發生意外時間點比對！

朋友頭皮發麻的說：「這真的是巧合嗎？下次記得把你們旅行的行程提早知會我一下。」

還好這本相簿不厚。

心曲共鳴

我在孤島

文：六色羽

　　今天，我將前往一座位於義大利、距離海岸約 100 英厘的孤島。孤島上僅有一個古城堡的斷垣殘壁，四面環海，沒電也沒網路，只有提供棉被、書本、紙筆和充足的水及食物。島上沒有人和動物，僅有一隻名叫 Zilpah 的巨型陸龜可以聊天，只要我能在這座島上獨自住滿 30 天並接受 24 小時直播，就可以拿到約台幣 110 萬元的獎金。

　　聽了這個挑戰是否也讓你覺得很刺激興奮？有沒有和我一樣，也開始計劃幻想該如何為參加那個遊戲做準備？

　　要帶什麼物品，去消磨整天沒有網路的時間而不會感到無聊厭倦，是最首要考慮的課題。你一定不相信，我們已不知從何時開始，變得沒有手機、電腦和網路，生活就會頓失重心而手足無措，甚至枯燥的想發瘋。獨處又失去現代通訊設備，對平日沒有培養 3C 以外興趣的人，絕對是一大考驗。

　　所以我打算帶兩本厚實難懂的書，去到那只剩烏龜的孤島開竅一下慧根；再帶顏料、黏

土和一個畫框，創作一幅曠世名畫孤芳自賞；
島上有提供紙和筆，所以我應該不需要再額外
準備筆記本寫日記。

　　放逐島上的第一天，當然不必急著做正當
事，耍廢和天天睡到自然醒，才是最享受的人
生！睡飽了，再到島上閒晃認識周遭的環境、
摘些野花野草回去佈置一下屬於自己風格的房
間。當然還要拜訪島上唯一的鄰居 Zilpah，同
牠聊聊此地一遊的心情，並把島上的美景用畫
筆輯錄下來。

　　也許到了第四天或第五天，我會早起看日
初，然後在日初下暝想禪修，讓思索過去瞻望
未來的腦子不再奔騰，停在當下，享受寧靜，
等太陽完全高升再慵懶的吃早餐。不必吸空污
急著趕上班，這種世界在我眼前停下來的幸福，
簡直就是上天掉下來的恩賜，怎能不珍惜？

　　用完餐，該是畫畫的時刻，全神貫注的投
入創作中，直到天邊斑斕的彩霞渲染天際，才
知道一天早已在身邊飛逝過去。來不及再外出

散步繪下隨手插畫，只好拿著相機四處拍下美景，等待銀河星辰鋪滿天際。

因為怕黑，於是點上一屋子燭光伴我用晚餐，若是能去掉滿腦子蹦來蹦去的魍魎妖怪的鬼影，徐徐海風在月華下吹來的鹹味，再加上啪啪啪打在岩石的浪花，好一幅矇矓窒境。

隔天，把橡皮艇吹得飽滿，綁好安全繩不讓它飄搖得離島過於遙遠，迫不及待的跳上船，讓身體跟著橡皮艇隨波逐浪，讓彩色魚群在我身下徜徉悠遊。

『朝飛暮卷，雲霞翠軒，雨絲風片，煙波畫船』，無非這 30 日孤島的寫照，每分每秒都十分的珍貴，卻又愜意慵懶的不知時間。

獨處不代表孤獨，獨處是一種主動的選擇，讓大腦有探測自己感覺的時間和空間，利於我們內心的反思而更了解自己，即使離群索居不能對外聯繫時，也不會惶惶不安，因為手上有太多的事和美好，等著有限的生命去完成和探索。

國家圖書館出版品預行編目資料

心曲共鳴／君靈鈴、嘉安、六色羽　合著-初版-
臺中市：天空數位圖書　2021.10
面：14.8*21 公分
ISBN：978-986-5575-67-0（平裝）

863.55　　　　　　　　　　　　　110017871

書　　　名：心曲共鳴
發　行　人：蔡秀美
出　版　者：天空數位圖書有限公司
作　　　者：君靈鈴、嘉安、六色羽
編　　　審：晴灣有限公司
製作公司：君溢有限公司
美工設計：設計組
版面編輯：採編組
出版日期：2021 年 10 月（初版）
銀行名稱：合作金庫銀行南台中分行
銀行帳戶：天空數位圖書有限公司
銀行帳號：006-1070717811498
郵政帳戶：天空數位圖書有限公司
劃撥帳號：22670142
定　　　價：新台幣 280 元整
電子書發明專利第　I　306564　號

紙本書編輯印刷：
電子書編輯製作：
天空數位圖書公司　E-mail：familysky@familysky.com.tw　http://www.familysky.com.tw/
地址：40255台中市南區忠明南路787號30F國王大樓　Tel：04-22623893　Fax：04-22623863